¡ES LA HORA DE LOS ESQUELETOS!

IT'S SKELETON TIME!

A todos mis antepasados.
To all my ancestors.

—Ana Galán

A todos los muertos, que son muchos más que los vivos.
To all the dead, who are many more than the living.

—Rodrigo Luján

ISBN 978-1-338-18785-4

10 9 8 7 6 5   21

Printed in the U.S.A.   40
First printing 2017

¡ES LA HORA DE LOS ESQUELETOS!

IT'S SKELETON TIME!

Adaptado por / *Adapted by* Ana Galán

Ilustrado por / *Illustrated by* Rodrigo Luján

SCHOLASTIC INC.

Cuando el reloj marca la una,
un esqueleto sale de su tumba.

When the clock strikes one,
One skeleton comes out for fun.

Cuando el reloj marca las dos,
dos esqueletos comen arroz.

When the clock strikes two,
Two skeletons eat rice stew.

Cuando el reloj marca las tres,
tres esqueletos toman el té.

When the clock strikes three,
Three skeletons drink tea.

Cuando el reloj marca las cuatro,
cuatro esqueletos van al teatro.

When the clock strikes four,
Four skeletons go to a show.

Cuando el reloj marca las cinco,
cinco esqueletos pegan un brinco.

When the clock strikes five,
Five skeletons take a dive.

Cuando el reloj marca las seis,
seis esqueletos caminan al revés.

When the clock strikes six,
Six skeletons do tricks.

Cuando el reloj marca las siete,
siete esqueletos pasean en cohete.

When the clock strikes seven,
Seven skeletons fly through the heavens.

Cuando el reloj marca las ocho,
ocho esqueletos comen bizcocho.

When the clock strikes eight,
Eight skeletons eat cake.

Cuando el reloj marca las nueve,
nueve esqueletos bailan y se mueven.

When the clock strikes nine,
Nine skeletons dance in line.

Cuando el reloj marca las diez,
diez esqueletos cantan a la vez.

When the clock strikes ten,
Ten skeletons sing with their friends.

Cuando el reloj marca las once,
once esqueletos abren un cofre.

When the clock strikes eleven,
Eleven skeletons open a bin.

Cuando el reloj marca las doce,
doce esqueletos duermen de noche.

When the clock strikes twelve,
Twelve skeletons sleep very well.

¿Qué hora es? *What time is it?*

Es la una. *It's one o'clock.*

Son las dos. *It's two o'clock.*

Son las tres. *It's three o'clock.*

Son las cuatro. *It's four o'clock.*

Son las cinco. *It's five o'clock.*

Son las seis. *It's six o'clock.*

Son las siete. *It's seven o'clock.*

Son las ocho. *It's eight o'clock.*

Son las nueve. *It's nine o'clock.*

Son las diez. *It's ten o'clock.*

Son las once. *It's eleven o'clock.*

Son las doce. *It's twelve o'clock.*

Busca y encuentra   *Seek and Find*

1 reloj / *clock*
2 manteles / *tablecloths*
3 retratos / *portraits*
4 jarrones / *flower vases*
5 hogazas de pan / *loaves of bread*

6 sombreros / *hats*
7 tumbas / *tombstones*
8 velas / *candles*
9 calaveras / *skulls*
10 flores / *flowers*

Día de Muertos

El Día de Muertos se celebra el 1 y 2 de noviembre. Es una fiesta para recordar a los familiares que ya no están con nosotros.

Para la celebración, las familias preparan un altar u ofrenda, y lo decoran con fotos, velas, flores, calaveritas de azúcar y papel picado. Cocinan platos deliciosos como pan de muerto, chicharrón y mole. Todos se reúnen y comparten historias de sus familiares. También leen poemas divertidos sobre sus familiares llamados calaveritas.

Day of the Dead

The Day of the Dead is celebrated on November 1st and 2nd to remember family members who are no longer with us.

During this celebration, families make an altar, or offering table, and decorate it with photos, candles, flowers, sugar skulls, and tissue-paper cutouts. They make delicious foods like bread of the dead (pan de muerto), chicharrón, and mole. Everyone gathers together and shares stories about their family members. They also read fun poems about their relatives called calaveritas.

Sobre Ana Galán

Ana Galán es una escritora española que ha escrito muchos libros en español y en inglés. A Ana le gusta tocar la guitarra y le encanta la música. Cuando oyó la popular canción de Costa Rica "Los esqueletos", quiso hacer una versión bilingüe para que los niños pudieran divertirse contando esqueletos y aprendieran a decir la hora ¡en dos idiomas! Ana vive en Nueva York con sus tres hijos, su esposo y su perro.

About Ana Galán

Ana Galán is a Spanish writer who has written many books in Spanish and in English. Ana loves music, and she likes to play the guitar. When she heard the popular Costa Rican song "The Skeletons," she created a bilingual version so children could have fun counting skeletons and learning to tell time in two languages! Ana lives in New York with her three children, her husband, and her dog.

Sobre Rodrigo Luján

Rodrigo Luján ama dibujar esqueletos. Lo hace desde pequeño, como siempre se lo recuerda su madre. Él cree que los huesos y las calaveras son algo en lo que todos coincidimos, en lo que somos iguales. Rodrigo vive en Buenos Aires con Pipo, su perro, quien vela por su seguridad a toda hora. Ha ilustrado una cantidad de libros infantiles y cómics que ya no recuerda, aunque su verdadera pasión es la cocina.

About Rodrigo Luján

Rodrigo Luján loves to draw skeletons and has been drawing them since he was a boy—a fact his mom brings up constantly. He thinks that skulls and bones are something we all have in common. Rodrigo lives in Buenos Aires, Argentina, with his dog, Pipo, who looks after him at all times. He has illustrated many comic books and children's books—he can't remember how many—although his greatest passion is cooking.